민들레 가시내야

조 기 호 시집

문학사계

머리말

참으로 염치없고 남세스런 짓거리이거늘 부끄러움을 무릅쓰고 선집을 꾸밉니다.

일찍이 훌륭하신 선배문인들께서는 가신 뒤 얼마쯤 식은 후에야 비로소 전집이나 선집이라는 책이 나오는 걸 보았는데 나이로 따지나 경력으로 봐서도 이제 하찮은 풍신이 선집을 꾸민다는 게 가당키나 한 노릇이냐고 스스로 자책하다가 며칠을 궁리한 끝에 그냥 눈 딱 감아버리고 어린아이 오줌발 갈기듯 일을 저질러버리기로 작정을 한 것은 17권의 시집 중에서 얼굴내밀만한 놈이 과연 몇이나 되는지 추려나 보자는 속셈이었습니다.

시를 쓴다고 60년을 끼적거린 것이 겨우 이것인가 싶어 정말 쑥스럽고 풍신나고 어쭙잖아 제가 보아도 민망하기 짝이 없어 의기소침으로 주눅이듭니다

그러나 어쩌겠습니까? 그래도 저것들이 내가 살아온 전부이며 발자취라면 개벼룩 털듯이 아니라고 탈탈 털어내 뿌리칠 수는 없다 싶어 염치불고하고 세상 밖으로 팽개쳐버리는 심정입니다.

앞으론 이 보다는 쪼깨 더 질펀한 녀석과 숨 깊은 이야기를 나눠볼 심산입니다

2015년 초여름
大岠愚精舍에서
草浦 趙紀浩 적음

차 례

제2부 가난 이삭줍기

제3부 철들 무렵

제4부 **전주성**

제5부 주천왕 꽃

제6부 백제의 미소

제1부
신 화

신화

붓다는 보리수나무 아래서
득도를 하였고

나는
미치고 환장하게 화사한
안심사 홍매실나무 꽃 아래서
이 봄을 모두 깨달았네

임 가듯
그리움 밀려오고

시디신 봄날을
한나절 앉아 눈 감으면
신화가 되네

인생은 앞으로 남고
뒤로도 남는 것
황진이 버선코만큼 남는 것을

꽃잎은 흩날리는데

금산사 미륵전 앞
이파리 새순 돋는
아가위나무 아래 앉아보아라

벚꽃 잎이 하염없이 떨어져 내리는
대적광전 앞마당
하얀 낮에 앉아보아라

풍경소리 한가로이 걸어 다니는
민숭머리 스님의 대머리 위
금산사 하얀 낮을 걸어보아라

세상 이치 다 깨달은
붓다가 되어
너 꽃으로 환생하리니

여인

여인 하나 갖고 싶다

서양 동냥아치 같은 겉멋에
이발난초로 홀랑 까진 여자 아니고

온 마을
봄 익을 때

놋요강에도 소리 없이
소피볼 줄 아는 여인

청치마 단속곳마냥
이파리 깊은 곳에

다소곳이 숨어 피는
감꽃 같은 사람

그런 꽃 하나 깨물어보고 싶다

민들레 가시내야

어제는 싸랑부리로
살강 밑에
납작 엎드려 울더니

이 봄엔
하얀 민들레꽃으로
무작정 훨훨 날아가는구나

왼 낯바대기에
마른버짐꽃 허옇게 핀
전라도 촌가시내야

풋마늘

겨우 아지랑이 배냇눈 뜬 이른 봄날
외상값 많이 달린 술청에 앉아
손님상에 내보낼 풋마늘을
우리 텃밭에서 한 소쿠리 뽑아다 주겠다며
술집 아가씨를 얼러서
몽땅 훔쳐다 놓고
여릿여릿 톡 쏘는 풋마늘 대궁을
찹쌀고추장에 쿡 찍어
술 한 잔 맛나게 깨무는 판에
수금 나갔다 돌아온 주인 여자
야! 이 썩을 년아
그 화상 낯바닥을 좀 봐라
저 웬수가 텃밭에 마늘 농사 지어먹고 살
위인 짝으로 보이냐?
에라이 오사 서 빼 죽일녀러 가시내야, 쯧쯧쯧
악담을 퍼붓더니만
술상 모서리에 털푸덕 주저앉으며
아, 목말라, 어여 술 따라 이 도둑놈의 화상아

빈 술잔을 불쑥 내미는
저 웃음 베어 문 낮꽃이라니

금강나루 황복쟁이집

허리를 꺾어야 들어앉는 방구석보담
한쪽 다리를 돌멩이로 고인
대나무 평상에 척 앉으면
눈에 뵈는 풍광이며 뒷덜미가 채 시원해 좋았습니다
낫살이나 잡쉈는지 이빨이 몽땅 빠진 개다리소반을
불뚝 나온 배 위에 얹은 주모가 뒤뚱뒤뚱 걸어옵니다
등 뒤로나 어림대보면 모를까
앞으로는 가망도 없겠다며 친구가 푸념조로 투덜댑니다
사금파리처럼 반짝이는 금강물이 고운 눈을 흘기며 지나갑니다
째보선창 지나서 <최무선>의 진포 거쳐 곰나루 얼씬거리다가
물어물어 거슬러 올라온
송화란 년 <서편제> 남도가락이
갈잎 바람소리같이
울먹이는 금강 물소리 마냥 흐느적거렸습니다.
뚝배기보다는 장맛이었다던가
술에 미치고 살 냄새 나는 소리에 미쳐서
주모의 속치마가 흘러내리도록 춤춘 것밖엔
난 모릅니다
금강물이 아주 흐르지 않는대도 정말 난 모릅니다

아무도 캐내지 않은 노을이었던 것을
그때 떼먹은 외상 술값을 30년도 더 지난
서너 달포 전에야 비시기 갚았습니다

봄비

잎 진 모과나무 가지에
눈물 같은 빗물이
그렁그렁 맺힌다.

이 비 그치고 나면
아직 뜸이 덜 든
너와 나 사랑도
새움 돋아나려나.

세상사는 맛

자정이 다 되는데 전화가 왔다
착 꼬부라진 술내가 진동하며 건너온다.

― 성님 저 병따개요 병따개, 병탁이.
― 거기 어딘데?
― 여기 솜리요 솜리 ,익산
― 왜?
― 그냥, 술 마시다가.

이 넓은 천지 어디선가
술청 한 모서리에 쪼그리고 앉아서
나를 생각하며
전화를 걸어주는 사람 있다는 게

섬진강 늙은 매화나무 꽃피는 소리도 같고
지리산 빗점골 고로쇠나무 물오르는 소리만 같아

더러는 세상사는 살맛이 쪼깨
이른 봄 경칩을 우려냈다

처방약

어제는 초등학교 옆 <또와요> 술집 여자가 홀애비로 살다가 손에 주부습진이 걸린 병따개시인에게 용천뱅이병에 바르는 약이 직방이라고 처방을 하여주었는데.

자리를 옮긴 선술집<영산포>술청에선 개숫물 통에다 노상 손을 담그고 사는 욕쟁이할망구가 손에 무좀인지 습진이 걸렸다고 징징대기에 무좀약을 일러주며 적어, 적으라고, 늙은 할망태기 기억력으로는 금방 잊어먹을 테니까 적으라고 했더니만

"씨벌놈 지가 좀 약국에 가서 사다 주면 어디 불알이 떨어진다냐?" 쏘락빼기를 꽥 내지르더니 내 곁에 슬그머니 다가와 귀에다 대고 "내가 글을 모르잖혀" 가만히 속삭인다.

아, ― 이토록 무참하게 미안하고 무안할 수가.

5월

편안한 의자를 내밀어주자
그걸 끌어당겨 서로의 무릎을 맞대고
환한 햇살을 나눠보자
그리고 따뜻한 차 한 잔을 훌훌 마신 뒤
백양나무 숲으로 가서
소소한 세상을 표현해보자
그 누구도 진실을 가르쳐주지 않았음에
우린 고스란히 서러웠잖으냐.

세르 두루마기

넝마가 된 내 교복 윗저고리를 보다 못한 어머니가
단 한 벌 밖에 없는 당신의
세르serde 검정두루마기 외출복을 뜯어서 지으라고
네거리 곰보딱지영감 재봉틀 집에 맡기셨다
어떤 때는 어머니의 속치마가 뜯겨져 내 셔츠가 되기도 하고
당신의 밑 터진 단속곳이 뜯겨서 내 팬티로 만들어지기도 했다
뜯다가 뜯다가 뜯을 게 없어지면
어머니는 당신의 살갗을 뜯어서 나를 입혀주시고
끝내는 목숨까지 뜯어서 내 영혼을 따숩게 안아주셨다

허기 구멍

8 · 15 해방 전 책보를 허리에 감고 시오리 학교 가는 길 같이 가자고 들른 병호네 집엔 마침 아침식사중이어서 친구는 노란 메서슥(좁쌀)과 붉은 수수 알갱이와 하지감자가 섞인 잡곡밥을 먹고 있었는데 젓가락으로 밥사발 속 감자알 하나를 빼내자 그 자리에 휑하니 커다란 구멍이 뻥 — 뚫렸습니다. 한벽루 기차굴보다 뒷산 애장 터 모퉁이 둠벙보다 큰 구멍이 생겼습니다. 아직까지 그보다 더 커다란 구멍은 못 봤습니다.

그때는 집집마다 그렇게 허기진 구멍이 여러 개씩 뚫렸습니다.

소묘

― 저승 가던 바람이

섶다리 위로 비구니스님이 건너갑니다
다리 아래 물그림자에도
스님이 지나갑니다

그 뒤에 진달래 꽃힌
바랑 하나 따라갑니다

물위에 바랑 속엔 발우가 들어있고
물 아래 벼랑에는 연꽃이 가득합니다

새벽 예불 공양 드신 것이
어느새 연꽃으로 피었습니다

저기 저승 가던 바람이
사르르
솔씨를 까먹고 쉬어갑니다

조껍데기 술집

시장 통 조껍데기 술집에 앉으면
여기도 씨벌
저기서도 씨벌
씨벌이 살아서 펄펄 날아다니는데
처음엔 귀를 어떻게 간수해야 할 것인지
차마 난감하더니
나도 몇 잔 탁배기에 담궈보니
씨벌 참 좋다
안주는 홍합 말린 구멍에다
잣씨를 까서 박아 넣어서 고소하고
역시 씨벌은 씨벌이 알아듣는다.
골코롬한 새우젓 같은
주모 년 치맛자락에 펄렁펄렁 묻어 새는데
파리 한 마리 씨벌에 채여서
술잔 속으로 곤두박이친다

입춘

아내의 배꼽이 목화로 피어 간이역이 서 있는 소학교 교실의
장작난로, 나의 아내는 아름드리 겨울로 활활 타는데

밤으로도 귀 맡에 남실남실 불 잎은 억수로 쏟아져 내리는데
달, 얼마만큼 부피에 절기의 흐름을 머금을까

아내의 이야기로는 그런 것도 같고 이월의 눈썹만큼 창 아래
돋아난 계시를 주워다가 거울 앞에 어느새 자상스런 마음이 자
라고 있었습니다.

어깨로 몰아쉬는 아내의 지열이 무량한 너비로 가물대는 봄
파도여 시장한 사념의 껍질만 밀려와 무성한 아내의 해안
한 모금 성숙된 정오는 시간의 무게 밖으로 때마침 무념을 간
직합니다.

그 바다로부터 묻어온 아내의 소피소리로 새벽이 가득 찰 때
사람들은 어디쯤 세월 아래로 내려가 있을까 하여 바람이 가르
는 저 골목으로 나를 조심히 보냅니다.

입덧 난 나무는 아내의 이치로 유두를 깨달아 원시의 아픔
이듯 차분히 잉태한 사랑 위에 완성은 이해하며 돌아오는 길목
입니다.

만 추

배추 꼬랑댕이 깨물다가
간당간당하던 앞니가 옴싹 나가버렸어야.
인프, 무엇이라더냐 쇠 이빨 심어준다는 거
일흔다섯 넘었옹께 반값으로 해준다는 디, 참말인지
니가 와서 어떻게 좀 혀봐야 쓰것다.
합죽한 볼태기 가지고 저승문턱 어찌 넘는다냐 남세스럽게
동네 복지회관 천오백 원짜리 점심도
합죽합죽 우물거리면 옆에 앉은 영감들이 숭 봐야.
아직꺼정은 그래도 깐죽거리는 영감탱이들이 더러 있는디
아무리 쭈그렁바가지 낯바닥이지만
갈 때 갈망정
하느님보담은 덜 늙었옹께 잇속 고른 웃음이라도 웃어주면
늙은 꽃도 인기가 덜 떨어져야.

제2부

가난 이삭줍기

사랑 허물기

치자 꽃이 어제보다 두 송이 더 이울었습니다. 달을 품은 여인이 몸을 풀고 나서 거울 앞에 앉아 눈보다 흰 옥양목저고리를 벗습니다.

새들이 날아와 세마치장단으로 부르는 노랫소리가 달빛이 쏟아져 흰 물들인 젖무덤에 포근포근 내려와 새근거립니다.

하이얀 병상 같은 당신을 위하여 눈 맞은 허청처럼 앉아서 반야심경을 그렸었던가. 마리아 눈썹 밑에 엎드린 새벽 성당 기도였던가.

당신은 하얗게 몸을 피워 내게 던졌습니다, 어디에서 왔는가. 뇌살스러운 향기로 웃는 얼굴은 나에게 첫 순결을 고스란히 풀어준 낙화암 여인이었습니다.

그토록 보내주신 애절한 눈초리도 가고 소복보다 더 하얀 알몸으로 사근사근 드러눕던 당신의 말씀을 나는 미쳐 보냈습니다.

가벼이 맡아볼 체취도 없습니다, 순백의 의지할 고백도 갔습니다. 이제 당신이 입다 버리고 간 눈물자국이나 헐어서 내 가슴에 자박자박 옮겨 적으려 합니다.

새 1

억새꽃이 꽂혀 있는 술집에 앉아
가을 하늘만큼
눈빛이 깊은 여인과
새가 되어 울고 싶습니다

새털같이 포근한
그대 눈망울에 들어가
바스러진 가을 입술도 그려보고
여린 햇살 한 줌 손바닥에 올려놓아
후후 불어서 날려도 보고 싶습니다

노을 지고 키 큰 가로등이
눈물을 그렁그렁 매달 때면
밤보다 더 긴
깜장 목셔츠를 입은 새가
가슴을 포르르 포르르 쥐어짜
몽실몽실 술잔을 채워주는
울음 깊은 여인을 가지고 싶습니다.

새 4

— 복사꽃 물감 풀어서

물 위에
임보다 먼저 핀
복사나무의 연분홍 꽃 이파리
떠 있습니다

새는 시방 하늘나라 천도복숭아 익고 있는
천상계까지 훤히 보여
그 물감 풀어서
눈 가장자리 붉어집니다

연분홍 봄날과
꽃잎
사이

아그배나무 하얀 꽃잎 머리에 쓰고
아지랑이 가물가물 걸어온
저 설렘의 거리距離를
모두
자근자근 날아 보고 싶습니다.

분소의糞掃衣

300만 원짜리 가사袈裟를 두르신
높은 스님은
불전함 불전佛錢을 세고 있는데

풍경도 울지 않는
대웅전 앞 보리수나무
걸친 것 죄 벗어버리고
나신으로 겨울을 맞네

이천오백 년 전
붓다는 무엇 하러
갠지스 강 화장터에서
타다 남은 천 조각을 모아
가사를 기워 입으셨을까

그마저도 모두
부질없는 업보인 것을

* 분소의−똥 묻은 헝겊을 주워서 기운 옷이라는, 가사를 이르는 말

가난 이삭줍기

지지리도 가난한 詩人 朴鳳宇
부인 상중 토방에
안방 시계는 넉 점을 울리고
한 겨울 쓰라리게 매운 눈발이
사위는 연탄불에 희끗 희끗 내린다.
상주도, 호상도
문상객도 하나 없는 이 가난함을
깡소주 몇 모금으로 지울 수 있지만
저, 어린 새끼며 고장 난 詩人 朴鳳宇며
日常으로 찌들은 누님의 눈망울은
무얼로 다듬어 지울까
옛말에 주검처럼 가난을 타는 게 없다고 하지만
월세 십 만원 단칸방에
고요만 절간마냥 떠 내려와
앙상한 내 가슴에 겨울 안개로 번지고
눈치없는 거지 하나
대문에 매달려서
그나마 쓰다 버린 가난 한 개비 줍고 간다.

슬픈 영화

비가 오지 않았는데도
그 여자는 울었다

극장에 앉아
영화 <하녀>를 보다가
손수건에 눈물을 찍어내며
여자가 운다
성숙한 여체가 울었다

영화 속 여자가
여인의 뺨을 찰싹찰싹
머리칼이 흐트러지도록
두 번 때렸을 뿐인데
여자는 울었다

영화의
여자들도 끝내 울었다

왜 우느냐는 물음에
"슬프잖아요"

가을 햇살 우표 냄새가
피식 풍겨왔다.

일출

저 땅 너머
동학이
억만 개의 횃불을 밀어 올려
성난 민초의 마그마로 분출하다
솟구치는 것이다.

양수 터진 함성으로
새벽 구름 깃발을 나부끼며
돌아 오는 진군이다.

오늘 아침 전주감영
입성하는 저 해는.

섬진강 편지

고른 치아를 내놓고 수줍게 웃으며 반긴 산수유 꽃의 귀싸대기를 모질게도 사납게 쳐 돌리는 꽃샘추위에게

아라사 땅 사또 한자리 낙하산 관피아로 만들어 주마고 얼러서 겨우 달래 보냈다

어제는 섬진강 꽃자리 천담 구담 장구목 요강바위에 걸쳐 앉은 홍매화가 초장에 바람난 년 아랫도리 마냥 봄날을 옴죽거렸다.

행여 네가 오시는가. 일찍 핀 진달래 하늘거리듯 눈썹위에 손부채 펴서 아스라이 건너다보았으나 송송 구멍 난 세월만 한해가 넘었다

조금 있으면 복사꽃 살구꽃 산 벚꽃도 모두들 핀다 할 것이고 오는 길을 못 배운 너에겐 지남철 달린 가슴이나 한 장 쪼개서 보내야 쓰것다.

남고산성 돌 틈에 끼어 낮잠 든 실안개더러 노고지리 소리를
풀어놓으라고 아른아른 웃음 색깔 독촉장을 보냈다

전생에서 너와 난 분명 해와 달이었을 게야, 허나 어쩔 것이냐
겨울을 쓸어낸 텃밭에 내 꽃붉은 햇살 한 줌 심었으니
　매실꽃 숨죽인 밤 개기월식 하는 만큼이라도 입술이 안 포개
지겠느냐.

책값

팥고물 없은 시루떡 같이 생긴 여인이 김이 모락모락 나는 마음씨로, 새로 나온 내 시집에 사인을 해 달래더니 책값이라고 만원짜리를 억지로 와이셔츠 주머니에 찔러 넣다가 스친 젖꼭지가 찌릿했다

책값 만원을 어떻게 처치할까 난감했는데 마침 시집평설을 써 준 병따개시인을 만나 얼음판에 자빠진 소눈깔처럼 작취미성으로 두 눈만 끄먹거리는 푸석푸석한 낯바닥과 마주앉아 푸짐한 안주에다 막걸리 두 병을 마시고도 이천 원이 남았다

썩을 놈, 연신 꼬실라대는 담배연기로 내 콧구멍이 노오랗게 그을렀다

뉴똥치마

학창시절 뉴똥치마 속 허벅지가 백설기보다 희고 고와서 내 아랫것을 참으로 거북한 곤경에 빠뜨렸던 먼 친척 누님.

몇 해 전 보험설계사 한다고 와서 아내 돈 떼어먹고 서울인가 대전인가 도망가서 또 나를 곤경에 빠뜨렸던 허벅지 하얀 누님을 쉰 해도 더 지난 지금 새삼스레 생각하는 밤

허공엔 열나흘 밝은 달만 누님의 허벅지만큼 유난히 희고 맑은데 찌익 — 하고 찾아오는 별똥별 하나 없다.

귀신사 남근석

새 각시 치마폭처럼 화사한
금산사 벚꽃이
벌름 벌름 흐드러지게 웃어 쌌는데

천년을 죽어지낸
길 건너 귀신사歸信寺 백제 남근석 녀석
그 암내 맡고선

황소 웃음을 씨익 웃더니만
개침 같은 봄날을 질질 흘리며
돌 잠지 대가리를 벌떡 벌떡 일으켜 세운다.

풍경風磬 1

바람은 풍경을 만나야
소승小乘한다

바람 길이 눈에 보이는
풍경은
바람의 속을 훤히 안다

댕그랑 댕그랑
하얀거 깨지고

노스님
생불알 야위는 소리

풍경風磬 3

아무 말도 안 했는데
지가 혼자 웃었습니다

정말 아무 말도 안 했는데
지가 혼자 노랠 불렀습니다

죽어도 아무 말 안 했는데
지가 그만 울어버렸습니다

잊어버리자고
잊어버리자고

마른번개 진저리치듯
저 홀로 흐느끼더니

화엄제비꽃쯤에 가 이른
그녀는
육탈된 바람이 되었습니다

항아리 3

조선 팔도 어디를 뒤져봐도
지금은 그런 술집 없습니다.
60년 제대복 차림으로 술배가 고픈 시절
뒷골목 시음장 통술집엔
항아리를 묻어 놓고
막걸리 한 사발에 10환
왕소금 볶은 안주, 단무지 한 쪽
빈 항아리 씻은 물도 취했습니다.

그때는
소나기 삼형제도 나란히 살았습니다.

제3부

철들 무렵

철들 무렵

그해 겨울 아라사에서 이민와 빈 감나무가지에 걸린

달을 다려먹은 아버지는

보름달의 월경을 피범벅이 된 입가에 질질 흘리며 갔고

큰집 과수원 복숭아를 다섯 개나 따먹은 죄로

어머니는 복숭아 붉은 물과 까끄라기를 흠뻑 뒤집어쓰고 그믐 처럼 살았다

세월 일찍 일어난 우리는 해를 따서 달여 먹고

그늘을 뱉어내다가 기성회비와 월사금에게 월식을 배웠다

제일 가난한 옷을 입은 전봇대와 보리누름의 지느러미와 화장 티 굴뚝의 포르스름한 연기와 돼지오줌깨축구공과 수음처럼 시 어터진 개살구와 아픔까지 철들다가.

수천마리 참새 떼가 나락 포기마다 먹자두 열리듯 다닥다닥 매달린

그 가시내 논배미에 넋 떨어진 허수아비로라도 입 벌리고 서 있고 싶었다.

맹모삼천 가게에서 달구지를 신고오신 어머니가 단봇짐을 싸 버렸다

정처 없이 끌려간 나는 가을비처럼 추적추적 훌쩍이다가 몽정 을 하였고 유월전쟁은 끝났다

달을 다려먹은 아버지는 그 효험으로 달나라 영주권을 명부冥
府에 올렸고

복사꽃 아래 눈 어머니는 복숭아 까끄라기가 지금도 가렵다고
하신다.

빨갱이 꽃

성모님 이름 마리아는
히브리어로 '슬픔' <비애>의 뜻이라는데

우리 어머님 이름은
<빨갱이 예편네>로 청춘을 죽어 살아
마리아만큼 기구하게 산 세월로

산골짜기 가시덤불 속
서럽게 핀 하얀 들꽃으로 사셨습니다

어머니는 아리고 아릿해서
안고 싶은 여인보담
안기고 싶은 여인이여

천년을 가도
우는 빨갱이 꽃입니다

무념새

　조계산 선암사 스님들은 저승에다 대고 뒤를 보시는지 하눌님 측간 만큼이나 속俗이 멀어서 육신이 해탈한 후에야 선답禪畓이 돌아올랑가, 때는 이때다 싶어 사파에 찌든 육신덩어리 한 볼태기 뭉텅 떼어 내어 행여나 들킬세라 해우소解憂所앞 섶 속에 팽개치듯 던져 놓고 황망히 도망치다, 저녁 예불 범종 소리 푸른 물감으로 너울져 풀어지고 어느 구름 갈피에나 소나무 이파리 예사로 돋아 있음에, 눈치 없는 염치란 놈 한 녀석이 통방울 눈꼬리에 주먹을 불끈 쥔 천왕문 금강역사 앞세우고 뒷 발목을 잡아당기는 걸, 강선루 모퉁이로 쫓기다가 문득 눈을 떠보니 신선들이 타고 놀던 호랑이 귀때기 털이 몇 오라기 바위틈새 붙어있네, 범의 귀와 바위 말발도리, 너도밤나무랑, 콧잔등에 송글송글 돋아난 염치를 뭉개어볼 수작으로 아내를 쳐다보니 아내는 어느새 삼신각 담장 너머 천년 부도 곁에 무념새로 주저앉아 파아란 큰노루오줌 풀만 뜯어먹고 있었네.

신호등과 싸전

새벽 다섯 시
눈곱 묻은 하품을 베어 물고
쌀집 아저씨는 샤터 문을 올린다

길 건너 신호등에 올라앉아
빨갛고 파랑 노랑 화살표 같은
온갖 새살을 조잘거리던
참새 몇 마리
화약 냄새 툭 쏘는 총포상회 옆집
미곡상 싸전으로 우르르 몰려든다.

마지막 백제사람 진표율사가
부안 땅 변산반도 부사의방장不思義方丈에서
면벽수도 할 때
하루 식량 5홉에서 한 홉을 떼어 쥐를 기른
그 가슴 부처로
새를 먹인다

언젠가는 나도
쌀집과 총포사와 신호등과 참새가
나란히 나누어 먹고 사는
저런 싸전 하나 마음에 가꾸어
평생을 가지고 싶다

102세

건너 마을 백 살 넘은
순임이네 할머니

아침 세수할 때 깜박 잊고
수돗간에 빼어놓은 틀니를
똥강아지 복실이가 물어다가

뒷발로 버티고 앞발로 공기며
물어뜯고 핥아보며 별 지랄을 다하고는
측간 바닥이거나 마루 밑이든지
제 밥그릇 옆 아무 곳에나 버려두면

할머니는 비비꼬인 모가지를
내둘 내둘 내둘러서 찾은
틀니를 두어 번 툭툭 털어서
그냥 입에 끼우시고는

맨손으로 쇠똥 주워 두엄자리에 훌쩍 던진 뒤

손톱 밑에 쇠똥 때가 까맣게 낀 그 손으로
상추쌈을 눈알이 툭 불거지도록 몰아넣는다.

할머니, 손좀 씻고 잡수세요
순임이 역정에
— "야, 호랭이나 답싹 물어갈 놈의 새깽이야, 요로코롬 맨날
쇠똥 먹고 살었어도 암시랑 안 허고, 인자 침침 허던 눈깔치도 훤
혀지고 웃머리가 껌어진께로 배꼽 아랫 쉬염도 새까매졌어, 이
썩을녀러 가시내야, 너나 잘 혀, 말만한 년이 서답 뭉탱이 아무디
나 함부로 내동댕이치지 말고." 오히려 호통이시다

위생같은거 모르고 사셨어도
정정을 훨씬 지나 청청한
102세를 무탈하게 넘기신다

위봉산성의 봄

아버지가 낚은 봄은 어머니였습니다.

명주실꾸리가 서너 개 다 풀려도 끝이 닿지 않는다는 위봉폭
포 깊고 캄캄한 용소에다 추졸산 호랭이 한 마리 미끼로 끼워 찌
없는 낚시를 드리우고 늘어지게 봄꿈을 꾸었습니다

천년을 뒤척이며 어둠 한 사발, 침묵 한 대접, 화두 한접시 차
려놓고 하늘 오를 날만을 고대하던 이무기가 태조 이성계 귀신
을 지키던 위봉 산성 성城 참봉의 둘째 딸로 둔갑하여 유화부인
해모수 사추리 물듯 호랭이를 덥석 물고 올라와서 어머니가 되
었습니다

우리 아버지의 뱃대 치는 낚시대 꼬임에 시절을 잘못 읽고 낚
여온 어머니는 똘밤 만한 새깽이들 다섯 개나 만들어 놓고 저 혼
자 훌쩍 도망가 버린 서방 때문에 평생을 빨갱이 여편네로 징그
럽게 고생 고생하더니 이것도 용 못된 이무기의 업이려니 피눈
물을 씻으며 살다가 이승 뜰 땐 날름거리던 이무기의 갈라진 혓
바닥도, 아직 덜 여문 여의주도 없어 용오름을 못하고 한 줄기 눈
물만 주르르 흘리시면서 전설 같이 승천 하셨습니다.

그날부터 위봉 산성 사십 리 성터에는 어머니 젖꽃판 닮은 개
진달래꽃이 진달래꽃만 진달래꽃만 피는 봄이 왔습니다 새들은
봄날의 속살처럼 희죽 희죽 웃다가 여린 바람결에도 꽃 이파리
꽃술 나부끼는 우리 어머니 울음 색깔로 울기 시작했습니다.
　어쩌다 장끼 한 마리 푸르릉 앞산 솔푸덩 속으로 날아갑디다만,

　참말로 미치도록 환장하게 꽃물결 이룬 위봉 산성 진달래꽃은
위봉폭포 이무기가 서러워서 못다 운 용틀임 눈물, 우리 어머니
저승 가실 때 마지막 흘리시던 눈물 색깔로 이 봄을 울고 자빠졌
습니다

빨치산

빨치산을 만났습니다.
예순이 훨씬 넘은 빨치산 중대장을 만났습니다.
등 뒤로 수갑을 차고 독방 살이 이년
사형에서 무기로
무기징역 감하여 이십년
옥살이 치르고 돌아오니 고향 간 곳 없고
전쟁 전 얻어둔 새각시 개가하고
그래도 자식 하나 처가에서 키워준 것이
수퍼마켓을 차려서
빨치산은 잔심부름으로 소일합니다.
90년 5월에야 감호처분 해제가 되었다며
이제는 죄수가 아니라고
완전한 시민이라고 맥주잔을 치켜드는 그 사람
회문산 아래 히여터 개울가며
장안산 골짜기 덕유산 가로질러
육십령 마루턱까지
뱀사골, 노고단, 꽃대봉, 피아골, 쌍계사
줄줄이 엮어진

지리산 골짝으로
허리에 권총차고 등에 따발총을 울러 맨
조선인민유격대 남부군 사령부
이현상 직속부대 중대장은
함양산청 구례 곡성
화개장터 휘여 돌아 남원 순창 운봉으로
보급투쟁 다닐 적에
"남부군" 저자 이태는 통신병이었고
자기는 용감한 참 전사로 지휘관이었노라고
함평천지 늙은 몸이
호남가 한 수로
지리산 삼년 세월 비바람 눈보라가
눈썹 끝에 매달립니다.
아리송한 헛소리만 늘어놓는
당신네 같은 시 쟁이는 소용없고
지나온 사십년을 진실로 받아 적을
재주 많은 소설쟁이 하나를
금년에는 만나야겠다며

사상 보다는 민족이
민족 보담도 인정이 절실한 게 인간 아니냐고
어제 만난 빨치산은 물어 봅디다.

허탈 한 포기

풍작이면 뭣하냐
면장집 여편네 허리통보다 흐벅지게 더 굵은
아름드리 배추 한 포기
단돈 일백 원
한 트럭 실어 내야 이십오 만원

출하비 수송비 제하고 나면
여름내 뼈빠진 피땀 값은 고사하고
종자 값 농약대금 거름 값은 어디서 건질거나

우리 마을 숫금산보다 더 높게
쑥쑥 자란 아파트 광장 모퉁이
손톱 긴 도시 아씨님들 직거래도 시원찮아
뽑다 지친 무 밑동은 밭고랑에 팽개쳤다

알사탕 한 봉다리
어린것들 핥아먹는 아이스크림 얼음과자도
오백 원 천원인데

백 원짜리 동전 한 닢 들고 가서
오늘 저녁 시래깃국 양념 넣을
멸치 새끼는 몇 마리나 얻어 올까

차라리 맥 빠진 허탈 한 줌 털어 넣고
한숨 꺾어
빈 속이나 남실남실 채울 일이다

모가지

군번을 모가지에 걸기 전
어린 시절
그녀와 내 모가지엔 언제나
떨떠름한 감꽃을 실로 꿰어 걸었었네

서른을 너머 삼십 년 동안은
가장이라는 굴레를 모가지에 걸어놓고
행여 모가지가 떨어질까 봐
노상 목을 움츠리고 살았는데

이제, 오라는 사람, 갈 곳 없는
날줄에 앉아
적막한 무료를 모가지에 걸고 산다

다음 날 저승 갈 땐
찔레꽃같이 하얗게
색 바랜 염주 하나
모가지에 걸었으면 좋겠다

술안주

술잔을 앞에 놓고
누군가를 씹는다
그 친구 지은 죄 없이
술좌석 안줏거리가 되어 씹힌다
간간하니 맛있다

어느 날
그 사람 술잔 앞에
내가 술안주 되어 씹힌다
자근자근 쓸개까지 씹힌다
쓰라리게 쓰다

하릴없으면
천길 벼랑 위에 핀
철쭉꽃을 꺾어다 바치고 나서
수로부인
옷고름이나 풀어볼 노릇이지

저
섭힐 줄은 왜 몰라

봄날 술잔에
꽃잎 띄어 마시니
섭을 안주 없어도
술이 말갛게 취하거늘

내년 봄 복사꽃 흐드러지게 필 때까지
술잔을 기울일 수나 있으려는지
그것조차 아슴한
먼산바라기 같은 것을

백일장

늙은 처마 끝에 단풍잎 떨리는
고궁 뜨락
백일장 심사하던 날

"이 가을에 떠나는 남행열차" 시제를 놓고
거기서 거기 갈 만한 작품 몇 점을
차상 차중 차하 가작 입선으로 꼬느다

아무 탈 없이 편안하게 잘 꾸며갈 인생 하나
어쩌다 불행히도 선選에 들어
평생을 쓰잘대기 없는 글 나부랭이나
끼적거리고 다니며 시를 쓴답시고
반거들충이 노릇으로 일생을 살아온
나 같은 서투른 반풍수가 나올까봐 덜컥 겁이 나고

챙겨주어야 할 좋은 작품을
내 미련한 소치로 떨어뜨려
행여 그 사람 가슴 다치면 또 어찌하나

애꿎은 안경알만
저물녘 단풍색깔로 닦고 또 닦습니다

귀명창

달동네에 걸친
하현달 데불고
부지깽이로
가난한 부뚜막을 두드리며
우리 어머니
저승 가실 때

붉은머리오목눈이 뱁새랑
딱새는

하늘의 말씀과
땅의 이야기를
맑은 가락으로만 추려내서
한 자락 고운 심성이 되어
가부좌 튼
소리보살이 됩니다

고개를 주억거리다

꽁지춤도 촐싹촐싹
추임새 넣다가
아니리 아니리 울고

하늘과 땅 소리에다
눈물 배인
어머니 평생을 버무려 물고
귀명창 되어 미륵에 오릅니다

며느리 향기

더덕농사를 짓는
어느 며느리가
사는 일 고달프고 외로울 때는
문득 시아버지가 보고 싶어져

된장 장떡 한 장 부쳐
소주병 들고
5분 거리에 누워 있는 산소에 찾아가
목마르니 한잔 하시자고 한다며

쑥스러워 웃는 입을 한손으로 가리고
옆으로 돌리는 기미 낀 얼굴에
더덕향보다 더 상큼한 향기가
더덕더덕 묻어나는데

나도 죽어 묻히면
소주병 들고 찾아올 사람 하나
두고 가야할 게 아니겠는가

세상사는 일
이리저리 곰곰이 궁리를 해봐야 쓰겠다

솟대

솟대에 높이 앉은 새는
이마에 사랑의 화인을 찍은 여인이
찢기고 흩어진 몰골로
상한 치마폭을 이끌고 찾아와도
안쓰런 눈치로 맞아줍니다

해거름 고개 꺾고 추레하게 찾아든
푸석한 사내의
허름한 빈 호주머니도
군소리 없이 받아줍니다

시원한 탁배기 한 사발에
감장아찌 한 쪽도 물어다 먹입니다

가시연꽃 꽃대궁 올리던 오늘 새벽
솟대에 앉은 새는
눈썹 끝에 손부채를 올리고
텅 빈 목탁 속에 들어갔다 나온
비로자나불 목소리로
아스므레 더 멀리 가늠하여 웁니다

제4부

전주성

전주성

성문 헐린 서문 밖 빨래터 냇가
희부연 아낙네 허벅지가 빨래보다 더 희다

따라지 잡은 놈이 덜머리 서시 끗발을 돌려먹은 눈알이 토깽
이눈같이 벌건 노름꾼이거나
초상마당 밤새운 문상객이
욕쟁이할머니 매운 고추 화덕 앞에 쪼그려 앉아
콧물을 훌쩍이며 콩나물국밥을 먹는다.

밤 깊어
등허리에 어린자식 둘러업은 청포묵장수가
동학만큼 맺힌 목소리로
자만동 고샅을 헤매다가 한벽당으로 올라간다.

성벽은 헐려져가고
홀로 오백년을 서서 남은 풍남문이
지린 하품을 하고나서
기린봉 달 오르면

조달이물감집 바람 든 딸년
속 것을 걱정하는 낌새다.

생일빵

내 나이가 몇이냐고 묻던
손주 녀석이 생일빵을 하잔다.

— 생일빵이 뭔데?
— 응, 생일선물 사가지고 가서 그 사람 나이 수대로 막 두들겨
패는 거야
— 어디를 때리는데?
— 머리에서 발끝까지 아무데나 마음대로.

야, 이놈아 할아버지 생일빵 한다고 삼천 원짜리 선물 사들고
와서 일흔 일곱 대나 두들겨 패면 할아버지 맞아죽겠다 요 녀석아.

하느님.
탄신일이 언제신가요?
이 꽉꽉하고 소통도 안 되는 세상
할 일거리도 없고
캄캄한 참에
알량한 선물 좀 사가지고 하늘 올라가서

속이 확 – 풀리도록 나이대로 실컷 두들겨 팬다는
생일빵이나 한번 해볼까요?
하느님.

얼씨구절씨구, 쾌지나칭칭나네.

오월 장미

쇠죽솥에 불 땐 얼굴
향기가 달다.

오월에 피는 보리알 서리 판에
지금쯤 고향집 샛별 하나
초경 익겠다.

까치알 구워 먹다
밑 터진 무명 속곳 번져 오른 도화지

싸락눈 따 먹은 홍시 입술로
초여름 립스틱을
꾹꾹 눌러 찍었다.

손각시

제사공장에서 명주실 뽑던 장제동 우산 쟁이 딸 명순이가 반대미 야간고등공민학교 선생에게 미쳐서 상한병이 났는데

틀어 빼는 아랫배를 보듬어 안고 네 방구석을 떼굴떼굴 구르는 것을 안덕원 가짜 의사에게 데려갔더니

맥도 모르는 놈이 침 대롱 뺀다고 상한병도 모르는 돌팔이가 주사바늘 빼자마자 그냥 죽어 처녀귀신 손각시가 붙어버렸습니다

처녀귀신은 사람 발자국소리만 하나 둘 세고 있다가 그믐밤같이 침침하고 인기척 없이 고요한 밤이면 무덤에서 슬그머니 나와 동네 총각 하나씩을 으레 잡아가는 거라고 하여서

숱한 남정네가 밟고 지나다녀 정이나 실컷 풀라고 사람 발소리 그치지 않는 네거리 한복판에다가 상한傷寒 들게 만든 남선생 옷을 입혀 깊은 밤 남 몰래 거꾸로 묻었습니다.

으스스한 소문이 안개 깔리듯 온 동네 고샅마다 퍼져서 마을 총각은 고사하고 아직 불알도 덜 여문 어린 것들도 그 길을 피해 학교를 오갔고

서낭댕이 대나무밭에 사는 뿔도깨비랑 상엿집 모퉁이 달걀귀신도 그 쪽으로는 얼씬도 하지 않았습니다.

남도 가는 길

섬진강 옷고름 잡고
남도 가는 길

연보라 오동꽃
오동꽃 피고

저 눈물 차려 입은
가녀린 허리

거문고 소리로
가고 없는데

새침하게 풀먹인
그리움
저승까지 미어지게 피어올라서

검정 구름 낮게 덮인
남녘 하늘이
오동색 물감 풀어 울 것만 같아

오동꽃만 오동꽃만
눈까풀이 저리도록 깨물다가
내가 먼저 울었습니다.

꽃 바위 절

— 화암사花巖寺

물푸레나무 새순 피는 날은
불명산 골짜기 깊디깊은
꽃 바위 절 화암사를 찾아간다.

산새소리 몇 마디에 끝끝내 우는 물소리
헉헉거리며 쇠사다리 잡고 오르면
뼘가웃도 넘어 굵은 왕대죽순만 돋아나고

하늘아래 잎사귀 푸른 나무는
죄다 모여와 사는 곳
바람도 스치지 않는데 스님은 늙었다.

어차피 써금써금한 절간은
하앙식下昻式 공포 소매 춤으로 날아가는 걸
단청이야 새삼 무엇하랴만

탄현炭峴에서 망한 백제가
여기 숨어 천년을 울고 있었구나.

꾸지뽕나무

아프리카 어느 나라 대통령 넬슨 만델라 만큼 얼굴이 새까맣
게 탄 후백제 술꾼 진동규 시인이 미당 서정주네 질마재, 고창
하고도 명창 진채선이 살던 검당포구 지나서 갯가로 한참을 더
내려가

쩌어그 송곡 골짜기 수악한 산골에 쳐 박혀서 꾸지뽕나무와
끙끙거리고 씨름하다왔다며 나무뿌리를 한 보따리 캐 들고 와서
는 내가 보름동안 하루에 대두 한 병씩을 삶아먹어 봤는데 의사
가 깜짝 놀랄 정도로 효험을 보았노라고

당뇨병 든 내 곁에 나란히 앉더니만 허벅지를 다독다독 두드
려가면서 아그 저그 형님 죽을 때까지 꾸지뽕나무 뿌렁구를 캐
다 댈 테니 음식 가리지 말고 맘껏 먹으랍니다. 꾸지뽕나무열매
보다 더 달디 단 정나미에 가슴 왈칵 쏟아집니다.

아, 나는 저 친구에게 죽을 때까지 무엇을 대줄 수 있을 것인
가, 무던히 생각해봅니다.

구인광고

평생을 애비 없는
후레자식으로 살았습니다

너무 일찍 여읜
아버지를 구합니다

거창한 족보도
함자銜字나 춘추도 필요 없습니다
가진 건 쥐뿔도 없고
물론 어머니는 아니 계십니다

신과 견줄 만한
전능이 아니어도 좋습니다

검정 무쇠로 지어 부은
가마솥 뚜껑같이
뜸이 들면 주르르
눈물 한 방울 흘리실 줄 아는

무거운 사랑이면
그런 그늘 반 뼘으로 족 합니다

세월 탓인지
요즘 많이 절실하게 흔들립니다

장터 가는 길

쌀 서 말 머리에 이고
삼십 리 장터를 갑니다

산 넘고 물 건너
모가지가 외로 틀어져 꼬여도
장터 나들이를 다녀오라는 시어머니가
그저 한없이 고마웠습니다.

잡기장 몇 권, 시어머니 속곳이랑
박하사탕 두어 봉지 간고등어 한 손
석유기름병까지 구럭에 담아 들고
슬치재 오를 적에
달은 벌써 엉덩이에 붙어 따라오고

점심도 늦은 새때쯤
장터 모퉁이 청춘옥 국밥집 뒷마당
툇마루로 끌고 가서
동네 사람 모르게

순대국밥 한 뚝배기 떠 먹여 주던
서방님 투박한 손아귀에
싸잡힌 작은 손을 맡긴 채
시간은 저 혼자 마루턱을 오릅니다.

그 눈치 하나로
꼭 그 눈치 하나로 평생을 개땅쇠 살았습니다

싸전다리

새벽시장이 열리는 매곡교
싸전다리 아래 냇물에는
해오라기 두 마리
건중건중 거닐며 간밤 꿈을 건져먹고

다리 모퉁이 채마전 할머니와
일찍이 마음을 터
친구가 된 비둘기는
해맑은 부처를 쪼아먹고 있다

토란, 배추, 알타리무, 깐 마늘 풋고추 놓고
쪽파 한 단에 천 원

우리 할매 치마폭 뜨는 청국장 냄새랑
스타킹 벗은 누님의 종아리같이
미끈한 왕파 곁에
생강 몇 쪽 조을고

고등어 일곱 마리에 삼천 원
웨장치는 소리에
아직도 눈을 못 감은 생조기 부서가
입을 쩍 벌리고 누웠다

나도 늙어 오갈 데 없어지면
저 비둘기 친구 삼아
여기에 앉아
새벽마다 깨달음을 주워 먹는
무탈한 경지에 이르고 싶다

낡은 아내 3

천 구백 육십 년대 젊은 시절
한 달 월급이 쌀 한 가마도 못되는 풍신이
<문예가족> 떼거리들을 몰고 다니며
일요일마다 어김없이 술을 마셨습니다

요즘은 미친개도
그렇게는 안 마십니다

아무 것도 아닌 주둥이로
허파에 바람이 들어
게오르규의 이십오시가 어떻고
이상李箱이 어쩌고 낄낄거리면서
퍼마신 술을 모두 합치면
전주천 냇물이 한 물 져서 떠내려갑니다

그 때부터
앵돌아가지고 모가지가 한쪽으로 토라지던
아내는
시름시름 곰삭아 낡아갔습니다

육군 팬티 바람에 개다리 권총 차고 나온
군바리 정권 놈들이
빠징고에다 삼분폭리까지 야물차게 해먹더니
적은 박봉이 워낙 미안했던지
미국놈 밀가루 한 포대씩을 월급에다 얹어주었는데
그것마저 막걸리로 바꿔 마시고 나서부터
아내는 더욱 낡아만 갔습니다

이제, 그나마 월급봉투 끊어진지 오래고
덤으로 얹어줄 밀가루도 없는데

어제는 가난한
지지리도 가난한 문학잡지사에서
큰 뜻, 큰 정으로 주시는
상금도 없는 문학상 패와
역겨운 술 냄새를 짊어지고
집에 와서 거울을 보니

더는 낡을 것도 없는 아내 곁에
내가 더 폭삭 낡아 있었습니다

가실 장마

바람은 죽을 때
소리를 갈아입는다.

헤어질 무렵 눈물을 갈아입는 건
서리 내린 가을 강물이던가

저승 갈 때서야 겨우
삼베옷 한 벌 갈아입으시고
구천을 걸어가시다가
빳빳하게 풀 먹인 삼베 올이 따가워
가래톳 선 우리 어머니

이제는 궂은 장맛비에
후줄근히 젖은 물총새 되어
무지개 빛 저승 물감으로 풀어 입으셨는지

저 푸른 창공도 죽어
비취색 하늘이 알알이 익는 밤이 되면

하늘은 반짝 반짝 별옷을 갈아입어
고향집 호롱불 같은
여름의 깔끄막에 등불을 켜시는데

색 즉 시 공
하나 둘 셋 넷
바리때 하나 가득
초가을 번뇌를 주워 담는다

두물머리 사랑

이 강물과 저 강물로
나뉘어 흐르는
수분水分리 같은 날

술을 마시다가
어여쁜 여인을 만나면
재채기가 나옵니다

이 술집 저 술집 흔들려 떠다니다가
'스텐카라친' 러시아 민요가 꽂혀 있는
어느 술집에선가
또 재채기를 합니다

밤이 깊어 집에 오면
남편이 귀가한 줄도 모르고 잠든
아내의 침대 모퉁이에 엎드려
아내의 입술에다
더 더욱 짙은 재채기를 합니다.

본시 사랑은 마음이 움트는 자리에서
모락모락 피어난다고 합니다

이 물과 저 물이 만나는 합수머리처럼
마음이 자라나는 속 깊이를 모르듯

내 사랑이 자라나
얼마나 큰 강물로 흐를지 몰라서
나는 또 재채기를 시작합니다

삼양 이발관

— 생활이 그대를 속일지라도

생활이 어쩌고 하는 푸시킨의 시구가
꿇어 앉아 기도하는 소녀상 옆에
개발 네발 기어가고
앞니 빠진 암소가 물레방아 초가보다 더 커서
원근이 맞지 않는 시냇물도 흐르고
버드나무 아래 그네 줄을 잡고 선 성춘향이 보담은
향단이가 더 예쁘며
말고삐 잡은 방자는 이 도령보다 훨씬 준수한 그림이 걸리고
<인내는 쓰다 그러나 그 열매는 달다>
낡은 편액이 둘러서 있는 곳
우리 동네 두 평짜리 삼양이발소는
고물 박물관이다

무너진 절터에서 나온 백제 기왓장 같은
빗살무늬 금줄을 한참 그리다가
손으로 탁탁 두들기면 켜지는 14인치 텔레비전
스무 해도 더 지난 에어컨
하루에 두 번은 안 맞아도 쉬지 않고 돌아가는 벽시계만큼

적당히 낡은 주인이
손님 앞자리에 포장 치고
거울보고 구도 잡고
연탄난로에다 인정머리를 데우며
40년도 넘었다는 헤어드라이 기계로
손님 머리를 말리다가도
전라도 이야기부터 분통 터지는 시국담이 나올라치면
면도칼 든 손을 휘저으며
요동 땅 치러 가랬더니 위화도에서 말머리 돌려와
임금 치고 나라 뺏은 이성계 좀도둑질에 흥분하여
입에 게거품을 물고

삼국을 무너뜨려 뙤국 놈에게 넘겨주고 겨우 겨우 삼한 땅만
섦게 차지한 김유신의 삼한통일을 한탄하다가
저 무변광대한 만주 벌판 고구려를 아득히 그려보며
눈가에 이슬이 촉촉이 젖기도 하는가 하면
어느새 돌아와
손님들 가랑이 사이로 앙증맞게 돌아다니는
손톱만한 발발이 개가 강아지를 다섯 마리나 낳았다고

일 년에 스무 근짜리 돼지 한 마리를 먹어 치운 셈이라는
붉은 귀 서양 남생이가 낳은 알을
손님들 가슴에다 안겨주고 쥐어주는
주인의 소갈머리가
고물 이발소에 그려진 하늘빛보다
더욱 개운하다

제5부

주천왕 꽃

주천왕 꽃

나 어린 딸아이를 때리며 가을밤같이 차게 울었다는 백석의 여승처럼

사슴의 뒷다리 같은 진홍색 회초리로 때려서 분홍빛깔 꽃 이파리 울리는 주천왕 난 꽃

내 기다림이 얼마나 애절하고 안쓰럽게 여겼으면 네 모가지조차 저토록 길어졌을거나

금강산 상팔담에서 하강한 다섯 이파리 선녀가 구름 빛 춤을 추며 가녀린 꽃대를 부여잡고 켜는 진분홍색 해금소리가 날 이끌어간 거긴 이미 신화 속이었다

이 빌어먹을 놈의 세상 내가 언제 이토록 황홀한 상념 같은 향기를 맡아 보았다더냐 네 속살 내음에 깊이 빠져서 백석의 여승마냥 가을밤같이 차디차게 울어보고 싶다

코스모스 1

9 · 28 수복하던 밤
어디선가 대포소리 쿵 쿵
뒤 쫓아 오고
아버지 마중나간 신작로에
파르르 떨고 섯는
어린 소년병.

코스모스 3

설장구 동여맨
가녀린 허리
꿈마다 무서리 내리고
바르르
창호지에 배어든
피리젓대소리

선운사 꽃무릇

선운사 꽃무릇 환장하게 우는 마음, 나도 한 번 저리 붉도록 낭자하게 울어나 봤으면.

무섭게 붉어서 서러워라

연초록 치마 위에 선홍빛깔 저고리로 요절한 청춘이 하도 서러워서 피멍든 가슴을 풀어헤치는 것이란다

돌무더기 쌓아놓고 풍천 비암장어 잡아먹는 인천강을 건너서 꿩치를 잡아 돌아 뱃길로 잡아 북으로 가던가.

선운사 맞배지붕 아래 스미려다 까무러쳐 죽은 여린 혼령들이 꽃 젊은 한을 뿜어내는 거란다

못다 핀 젊음을 얼마나 피터지게 울었으면 눈알이 벌겋게 충혈된 눈앓이꽃으로 만가실을 저토록 울어 젖힐 것인가

저승 간 미당 서정주 시인이 질마재 고향 찾아와 저만큼 서계신 것도 같고

건너 마을 검당포구 살던 여류명창 진채선이 더늠으로 퍼버리고 앉아 흐느껴 우는 꽃 무릇꽃.

긴 눈썹 감아 올려 떠서 원망스런 여인의 젖은 속눈썹,

눈망울 깊어지면 도솔산 가을이 와서 고일라

저 눈물방울이 이슬로 맺혀 아침 햇살에 반짝일 때 하늘이 사람에게 준 색깔만큼만 울고 섰는데 검정나비 한 쌍 상복차림으로 조문을 온다

하릴없이 피 칠갑 울음으로 선운사 골짜기를 가득 채운 꽃무릇 곁에 오늘 섰거니,

네 아픔이 그토록 붉어 온통 핏 칠로 내 가슴을 물수제비뜨며 울고 지나가고 나면 맑은 눈물 한 소절 무엇으로 추스를 것이냐

선운사 동백꽃이야 제풀에 그냥 저냥 다반사로 피고 진다지만. 너 또한 슬픈 전설이 되어 꽃 붉은 사리로 천년을 피고 질 것이다

모양성

고창의 겨울은
해마다 눈이 많이 내려
흐벅지게 많이 쌓여서
모양성 십리 길도 파묻히고
진채선이가 신재효의
북채 같은 상투를 틀어잡고
질펀하게 뒹굴던 그 자욱맞이
육자배기 가락까지 덮여서
눈 속에 묻히고 나면
판소리 여섯 마당만 눈밭에 굴러다니네
피 터진 겨울 목소리로 걸어다니네

꽃에게

어미 소에게서
송아지가 피는 걸 보았네.

나무도 어미 소처럼 두 눈을 끄먹거리며
양수 터진 산통을 앓고 섰는데

하늘이 제 살을 갈라서 열고
임 본 듯이 임 본 듯이
나무 아가를 받았네.

바람도 아무 말 않고
하늘은 다시 푸른데

나무는 이승에서 가장 고운
꽃으로 웃어주었네.

동무冬舞

눈이 돈다, 눈이 돈다, 눈발이 돈다, 그 큰 눈이 돈다.
소복차림 미친년이 속치마바람으로 춤을 추며 내돌아간다

희나리고추 따 먹은 여시 대갈 박 내두르듯 내둘 내둘 돌아간
다. 휘몰이장단에 설장구 신바람 몰아간다.

이년아! 대가리 떨어질라 그러다 가랑이가 댓 발이나 찢어지
면 또 어디다 쓰꺼나.
쏟아진다, 쏟아져 쌓인다, 하얀 종소리가 뎅 뎅 뎅 뎅 소복이
쌓인다.

눈웃음도 토라진 입 꼬리도 벌름벌름 콧방귀도 한 서린 귀밑
머리 첫날밤 아픔 같은 것들이 휘휘 내젓고 다니다 실실 풀어 웃
다가 헤프게도 샐쭉샐쭉 돌아간다.

내 건너 산성에서 뛰쳐나온 도깨비불이 홀쩍홀쩍 떠다닌다.
섣달그믐 고향 못가고 얼어 죽은 혼령들이 하얀 눈물 달고 흐느
적흐느적 떠돌아다닌다.

함박눈이다가 종그래기눈이더니 깍쟁이눈인가 싶더니만 싸라기눈으로 둔갑을 하였는지 무던히도 푸짐하게 내린다.

얼마만한 설음이 맺혀지고 풀어지면 저리 뛰고 날고 돌다가 휘젓고 미쳐서 생 지랄을 하다가
난 분분 수억 마리 흰나비 소복 입은 겨울 춤으로 돌다가 엎어져 어깨 묻고 운다냐.

무주구천동 서른 세 모롱이 돌아서던 그녀 얼굴이 산수유열매보다 더 빨갛던 귀밑머리 귓불이 환장하게 눈물 글썽거리던 그 눈망울이 언뜻언뜻 눈발에 섞여 이승처럼 지나간다.

배꽃 필 때

변두머리를 앓으시던 조모님은 기러기 떼 날아가는 제일 끝엣놈 꼬랑지를 입에 물고 훨훨 따라가셨다

아버지는 미리 가서 좋은 자리 잡아놓겠다고 유월전쟁 때 행방불명을 가지고 먼저 가시며
따발총소리와 쌕쌕이소리만 배나무 아래 심어놓고 가셨다

하얀 면사포를 둘러쓴 과수원에 배꽃이 지면 석정시인의 목울대만한 슬픔이 조랑조랑 매달려 푸른 시를 읊어주었다

하이얀 배꽃과 나 사이에는 아무것도 쓰여 있지 않고 그냥 하얗기만 하여서 울음은 깊어지고 짝사랑도 하얗게 표백되어 무너졌다

윙윙거리는 꿀벌보다 더 많은 비행기소리를 배꽃술에 묶어두었다가 보릿고개 긴긴 봄날 시장기로 꺼내먹었다

젊고 낭창낭창한 여인들을 한약방에서 한약 짓듯 한 첩홪 두 첩 여러 첩을 복용하시던 백부님이

배꽃아래에서 허벅지에 박격포탄을 맞은 것은 계집 지랄한 죄라고 우겼다

배나무가지에 걸쳐 앉아 터진 운동화를 깁다가 그녀에게 들킨 무렵은 먼 항구를 떠나가는 뱃고동소리로 배꽃을 쥐어뜯으며 아득히 울었다

오동꽃 지면

보랏빛 치맛자락을 흰 손으로 감아쥐고 잘잘 끌고 와서 상큼 웃는 오동색 저고리 마담에게 사랑하자고 엉겼다가 귀싸대기를 얻어맞던 오월

그 오월이 또다시 와서 오동나무 꽃은 초여름 위에 둥둥 떠 나를 껴안고
사촌누님 겨드랑이 잇속만큼만 피실 피실 웃었습니다.

한번만 꼭 한번만 오동꽃 치마저고리 지어입고 오동꽃 보라색깔 사랑을 자근자근 깨물어보자고 타일렀다가

다 늙은 실성한 놈 쳐다보듯 가엾게 쓰다듬는 아내의 도라지색 지치보라 시퍼런 눈초리가 역광처럼 눈이 부셨습니다.

이제 아무것도 머금은 게 없습니다.
오동꽃 데려간 허공에 빈 사념을 끌고 가는 구름이 보입니다.

흐물흐물 녹아서 미세먼지가 된 사랑이 소매 끝에 눈물도 적시지 않고

이승에서 언제 또다시 돋아날까 무미건조한 작별만 한 소쿠리 내 미간에 떠넘기고 흘러갔습니다.

자운영꽃

시퍼렇게 탕이 뜬 식민지를 막된장에 버무려 허기를 채웁니다.

지주네 머슴 놈 휘두르는 작대기가 무서워 자운영 뜯던 누님은 도망을 칩니다. 황새목 낫자루 대바구니 몽당 부엌칼 팽개치고 딸그만이 점례 복순이 엎어지고 넘어지고 짚신짝 벗겨진 채 논두렁에 처박히고 허기진 새각시 옷자락이 밟혀 치마 말기가 북 – 터집니다. 미영베 같은 눈물로 빈 가슴을 가립니다.

콩깻묵 송피나물 독새풀 비름나물 개죽나무 메밀대 이파리 되는 것 안 되는 것 주워먹고 뜯어먹다 부황나고 구황중으로 뒤틀어진 주둥아리를 쑥잎 같이 시퍼런 하늘로 쳐들고 지주네 퇴비를 뜯어먹던 누님은 도망을 칩니다.

먹는 것과 퇴비와 밑거름과 사는 것

어느 해 여름 몹쓸 전쟁이 터져 자운영 씨를 뿌렸던 지주는 작대기 휘두르던 머슴 놈이랑 죽창으로 찔리고 황새목낫으로 찢기운 채 빨간 자운영 꽃 빛깔로 그 논다랑이 물꼬에 처박혀 죽고 그 위로 뻐꾸기만 두어 번 울고 지나고.

그 때 머슴 놈 작대기 끝에 매달려 도망치던 누나는 조모님 되어 인천부두 생선시장 좌판가에서 개포동 신시가지 달동네 꼬방동네 비탈진 어느 골목 끝자락에서 지금은 무엇으로 가슴을 채우고 있을까. 초포 들녘 자운영 꽃 향기 이렇게 화사한 봄날에.

무심천변

청주 땅 시악시들은
죽어서도 꽃으로 피는 법을 익혀 두었던지
저마다 한 송이 씩
접시꽃이 되었네.
무심한 한낮은 무심천을 흐르고
개망초꽃 흐드러진 바람 결
까치 한 마리 정오를 쪼아서
허공을 머금다
이승에 사랑을 남기는 재주로
접시꽃을 가슴으로 품어
노상 간직 하였을 터이지만,
나그네 허한 빈속에
독한 술로 영글어서
까맣게 잊어버린 눈망울도 점지하여 두었다가
어머님의 잔잔한 남새밭 웃음으로
부질없는 내 하루살이 이승도 챙겨주는
낮 달 비끼운 고운 이마.
건너편 입시학원 재수생 녀석

컵라면 도시락 곁으로
살랑 살랑 걸어가는
공단 저고리. 뉴똥치마
검정 접시꽃.
청주 땅 시악시들은
살아서도 꽃이 되는 법을 익혀 두었네.

억새꽃

너 저승 가고
나 이승 뜰 때
꼭 저렇게 손을 흔들자

마음 한 점도
이승의 때 한 오라기
아무것도 묻히지 않은
저리도 하얀 손을
가을 해탈처럼 나붓나붓 흔들자

우리 서로
암 말 말고
손만 흔들어
하얀 눈물강으로 흐르자

사람이 인생다워지고
강물이 강변 같은 여백을 그리어
하얗게 서리 내린 날

살구꽃 지면

하늘까지 환한
살구꽃 지고

젖무덤
자욱하니

때까치 우짖는
대나무 수풀

입덧 난
봄날

초경색깔로
아지랑이 깨무는데

가엾이 강물만
쪽빛 눈물 이우네

난초일기 13

물오른 살구나무였다가
설익은 청매실 겨드랑이

웃음일랑 소매 긴
너울치마 감아 머금어
춤사위 청초한 저 매무새

옷고름 풀어라.
소리 나는 현이
어디 가얏고 뿐이라더냐.

임이 뜯는 농현에
울고 웃는 여인이여
푸른 불꽃으로 활활 춤추는 여체여,

신이 주신 천상의 악기였음에
눈으로 듣는 청아한 가락임에랴

제6부

백제의 미소

경칩 2015

야윈 옷소매를 걷어붙이면 겨우내 핀 저승꽃그늘이 태산목 꽃 지듯 똑 똑 지워질 것인가

아파트 산수유나무는 툭 불거진 노오란 눈망울 개안수술 차 안과병원을 물색 중이고

복사꽃망울 젖멍울은 색깔 쓰기에 힘겨워 칠칠치 못한 3월에 선잠 깬 눈비비고 콜록콜록 밭은기침 중이다

가기 싫고 놓기 싫어 몽니부리는 세한과 이른 봄의 차진 줄다 리기에 소통은 아지랑이 눈곱만큼이나 트일 것인가

설가고 마실 다닌 가난한 풍편들 버들개지 뜬소문마다 여쭤보 았으나

후여 후여 후여, 윗녘 새는 윗녘으로 먹고 아랫녘 새는 가랑이 찢어져서 뒈지고 후여 후여 후여, 서에서 동으로 간 보리밭 무성 한 싹쓸이새야

제까짓 개나리 노랑 웃음소리 깔깔거린들 실오라기 한 올 못 두른 훈요십조 아랫도리가 풀릴 기미조차 없어 왁자지껄 시리워서

왜 우느냐고 시 한편 초고를 떡메 치듯 치대다가 물 묻은 손바닥으로 내 귀싸대기를 사정없이 올려붙였다

전주성全州城 싸랑부리 입맛 다신 후백제가 굴건제복 차림으로 문상을 온 경칩 날 저녁새때쯤.

곰소에 가면

변산반도 끄트머리 곰소항에 가면 하늘부터 짠맛이 돈다 곰소의 감칠맛은 애초에 바다가랑이에서부터 나온 것이었는데 위도파시가 서면 왕경호 연락선타고 들락거리는 아가씨가 하루에 들 삼백 날 삼백이어서 육백 개의 사타구니로 퍼질러댄 바다보다 더 골코름하고 짜디짠 오줌발이 보태진 때문이란다.

낮에는 계란 노른자 성큼 띄운 커피를 팔고 밤에는 술과 함께 웃음도 팔던 항구다방이며 손바닥만한 실치(뱅어)잡이 배들 팔딱팔딱 튀던 망둥어회와 갯가에 늘어선 선술집과 왁자지껄 오만 잡놈들 득시글거리고 동네 개도 지폐를 물고 다니던 항구는 간 곳없고 난데없는 원조젓갈집만 무성하게 자라나 열병閱兵처럼 늘어서서 짠 내나는 깃발만 펄럭펄럭 나부끼어 배 끊긴 폐항이 죽어있는 곳

눈보다 더 하얀 잇속을 들어 내놓고 웃어주던 염전 소금밭은 시퍼렇게 녹이 슬어 검게 충혈된 바다만 자빠져 누웠는데

대낮부터 막소주 몇 잔에 얼간이 취한 사내들 혀 꼬부라진 소리로 젓갈 집어먹은 불알도 간간하게 맛이 들었을 것이고 갈치속젓이며 황새기젓갈을 뒤적거리는 아랫배 불거진 저 여인네 가랑이도 잘 숙성된 새우젓만큼이나 짜디짤 것만 같다.

물총새

　유월전쟁 때 칼빈총에 백마고지를 담고 휴가 나온 삼촌이 고라실 아랫배미 해골방죽 무넘이에서
　푸르고 알록달록 예쁜 물총새다리를 쐬 죽였다

　다음해 동부전선 어느 전투에선가 중공군 방망이수류탄이 터져 정강이가 부서졌다
　잠지도 반 토막이나 함께 달아나고.

　그런 뒤 물총새 눈망울이 삼촌의 방아쇠를 두근거리면
　부러진 종아리가 쑤셔죽는다고 물총새소리로 앓았다

　유난히도 까만 눈과 모가지에 하얀 테 두르고 가을하늘색깔 날개로 창공을 날아가는 물총새종아리와
　지렁이 같은 힘줄이 꿈틀꿈틀 기어가는 삼촌의 실팍했던 종아리가 자꾸만 겹쳐 보이면

　물총새 가는 종아리에 수평선이 매달리고
　진홍색 가녀린 종아리에 자운영꽃이 속눈을 떴다

구름은 혼자 외로워지고
여름이 문득다가와 쑥꾹새 편지를 썼다

넋 빠진 나만
떨어진 물총새의 울음을 주섬주섬 주머니에 주워 담았다

백제의 미소

— 서산 마애삼존불

천년을 걸어 나와
여백까지 웃고 계신
백제의 미소여

도톰한 입술 끝에 머금어
벙그레 자욱하여라
저 넉넉한 미소는

손을 들어 금방이라도
머리를 쓰다듬어 주실 듯
내 핏줄
내 삭신을 면면히 이어주신
생령의 미소여

오늘은 풍요로웠네
백제 땅 너른 벌 같은
당신의 넓은 미소로 하여
따순 마음 참으로 고요하였네

헤어져 돌아서면

합장하고
헤어져 돌아서면
눈물이
나오는 걸

처사님 요사이 부쩍
많이 허해지셨나 봅니다

그러게
헤어지자고 돌아서면
울음이 울컥 목청 문에 걸리고 말아

삼라만상이
뿌우옇게 흐려 뵈는 건
어쩌자고 짓무른 눈에다가
무간無間을 넣어주신
산그늘 탓이려니

노망인 게야
티끌도 서로가 헤어지면
바람인 것을

한 걸음 걸었구나

무엇이 보이느냐
바람이 보입니다 바람입니다
한 걸음 걸었구나

무엇이 잡히더냐
소리가 잡힙니다 소리올시다
겨우 귓구멍 트였구나

무엇을 그렸느냐
사랑을 그립니다 사람입니다
평생 한을 안고 살 화두로구나

견 마담

목구멍 하나만 덜어지면 남은 일곱 식구 적선을 한다기에 깊은 산골 외딴집 큰 딸년은 야반도주를 했습니다.

아침저녁 시래기죽을 걷어 먹인 복실이가 헌 옷 보통이 가슴에 안고 사십 리 도망 길에 졸 졸 따라 옵니다. 네이개, 네이개, 복실아 어서 집에 돌아가!

눈덩이를 뭉쳐 쫓아 보고 돌맹이를 쏘아도 보고 복실이 눈자위도 쓰다듬어 달래도 보았지만 썩을 놈 기어코 장터까지 따라왔습니다.

읍내 장터는 땡전 한 푼 없는 촌년에겐 너무나 막막하였습니다. 우선 밥을 먹어야 합니다. 기차도 타고 버스도 타야 했습니다. 무작정 들어간 국밥집 주인아저씨에게 애꿎은 복실이를 팔았습니다.

마음에도 없는 처음 만난 사내놈 배 밑에서 팔려간 복실이 개 울음을 울고 지낸 이십년 오늘의 내 이름은 압구정동 오렌지족 주름잡는 주인 마담 견犬 마담입니다.

그렇습니다. 올해는 개띠 해올시다.

九千洞 讚歌 2

— 귀양살이

머리가 녹이 퍼렇게 슬었습니다
구천동 다슬기 국물보다 더욱 짙은 색깔로
시퍼렇게 변해 버렸습니다
오토바이 뒤 칸에 걸터앉은
티켓 다방 아가씨의
보오얀 허벅지가 코앞을 스쳐 지나가도
봄 고양이 실눈 감듯
그냥 눈 감아 버리는 걸 보면
머리만 녹이 슨게 아니라
오장육부까지 전부 상해버린 모양입니다
달뜨고, 꽃이 피고, 바람 같은 것이 일렁이면
무엇인가 스치고 지나가던
그런 가슴도 이제는 없어졌습니다.
아침에 눈을 뜨면
아무 쓰잘 것 없는 빈 술병만
원고지 위에 나란히 서 있습니다.
밤참 잡술 적에 같이 먹으라고
집 사람이 만들어 보낸
마른 반찬도 사이좋게 앉아 있습니다.

九千洞 讚歌 5

— 도깨비 시장

검고 길죽한 것 보담
노리끼리하고 동글동글한 다슬기가
훨씬 맛이 있디야.
무주읍내 도깨비시장을 새벽 같이 다녀 온 옆집 아줌마.

하루에 열 사발만 잡으면
삼천 원씩 열 그릇에, 삼 만원을 곱하여서
한 달에 구십 만원 이랴, 어매 시상으나!

성 님
우리도 고동이 잡아다가 팔아서 돈 벌고
개평으로 뒷물까지 시원하게 함시롱
내일부터 시작혀 볼까 히히히 성 님.

얼씨구 절시구
지화자 좋네.

* 고동―다슬기의 무주지방 방언

제6부 ― 백제의 미소 **149**

九千洞 讚歌 8

산 속에서는 산만 웁니다
물속에서는 물만 웁니다.

산새 소리
바람 소리
이제 그것들은
소리가 아닙니다
울음이 아닙니다.

산 속으로는 산그늘만 들어오고
물속으로는 물 비듬만 들어갑니다.

오늘은 내 안에서
나만 혼자 미어지게 울었습니다.

九千洞 讚歌 14

― 雲川에 가면

보리 이파리 한결 푸르러지고
버들강아지 앙증맞은 버선발로 소곤거리는
설천에 오면 눈 같이 하이얀 봄 여인을 만나요.

바람이 상傷하게 부는 날
목도리도 없는 맨 가슴으로 시린 손을 부비고
설천에 오면 함박눈같이 포근한 여인을 만나요.

서러워서 서러워서 설천이 아니예요
서러운 사람끼리 서러움을 병풍처럼 둘러치고
서러웁게 가꾸는 곳
설천에 가면 구천동 눈사람 같은 아리운 여인의
첫사랑을 만나요

남대천 끼고 앉은 백제 아낙들의
사분사분한 눈웃음 곁에
가을 산같이 화사한 풋여인을 만나요.

금강산 2

― 구룡폭 가는 길

황진이는 늘그막에
심봉사 같은 허드레 서방 하나 데리고
금강산 삼 년을 오르내렸다는데
그 때 그 황진이가
지나간 지팡이 자욱 따라
꼭꼭 더듬어 짚으면서
진이 누님 뒷 냄새랑
고수레하고 쪼끔 쏟아버렸을
흥취 높은 술 향기 머금어
오백 년도 더 지난 오늘
싸가지 없는 술백이 후손 놈이 찾아와서
황진이 고운 누나
열두 폭 치마폭을 쭉쭉 찢어
구룡폭포 물보라로
서화담 송도까지 안개 피워 흩날리네요.

내소사 단청

새야 새야 파랑새야
변산 땅 깊은 곳 내소사 법당 안에
불화를 모시다가
몰래 훔쳐보는 역신에게 들켜서
붓자루 집어던지고
훌쩍 날아간 새야

지금은 뉘 가슴을 열어
어느 여래를 그리고 있느냐

나는 죽어 파랑새 되면
절 한 채는 다 못 지어도
마음 속 암자 하나 매달아
탱화나 두어 뼘 내 안에 그려 넣어

만수향 육탈 되어 피어오르듯
향기로 서서 무상으로 살거나

석류

천국에다 석류나무를 심어 놓은
새는
무시로 하늘 드나들며
툭 터져 붉은 알갱이 하나씩 물어다가
수정보다 빛나고 영롱한 석류 색깔로
노자근하게
시디신 노래를 피워냅니다

은빛 이파리 팔랑거리는
은사시나무 그늘에 앉아
배시시 당신의 입술 사이로
금강초롱 불 환하게 켜지면

뒤안 모퉁이 석류나무 아래에도
학도병 나가 돌아오지 않은
형수의 정화수에
별은 익어 떨어지고

산솔새 중중모리 가락으로
구름발치에 자지러지게
하늘로 스며 울면
가을 피리 소리 같은
오색 그리움만 벙글어집니다

섬

아욱국처럼 미끌미끌하고
풋내 돋우는
섬 하나 가슴에 삽니다

해수 빠진 새벽이면
성큼성큼 물길 열고 걸어와
내 앞에다
끈적끈적 간기 배인 비린내를
풋 풋 풋 콧바람으로 풍겨주다가

어느새 저 멀리
햇살 고이는 한낮이 되고

어젯밤 바다에 내린
별빛을 모조리 거두어서
머리에 꽂았는지
그 여인 머리핀마냥
반짝 반짝 내 가슴 속 빛이 납니다

하얀 숙제

아침 샤워하다 미끄러져 넘어진 목욕탕바닥이 내 부서진 허리를 그나마 데려갔다

어름 판에 자빠진 소눈깔같이 두 눈을 멀건이 뜨고 모가지 비틀어 뒤집어놓은 둥개처럼 네발을 허공에 쳐들고 허우적거리는데

하루를 심심하게 천정에 매달린 육십 촉 알전구가 눈심지를 밝히고서

버둥거리는 사타구니에 달랑거리며 번데기가 된 잠지와 불알두 쪽을 그윽이 평설하고 있었다.

발칙한 허리의 속내와 의중을 여쭤보려 동네병원엘 실려 갔다. 심숭생숭한 나무걸상에 오만 병신들이 그득 괴여있는 병원 대기실

겉보다 속으로 무척 반가워하는 내색의 무테 안경잡이 중 늙은 의사가 일주일 또는 보름도 아플 거라고 회계과 수납할 날짜를 미리 꽁꽁 묶었다

아파도 신맛에 견딘 다던가, 따끔한 바늘을 빼고 엉덩이 문지르는 섬섬옥수는

물안개와 새털구름과 꽃 보라를 거느리고 금강산 상팔담에 하강한 선녀였고

마당에 널어놓은 푸나무 뒤적거리듯 엎어놓고 뒤집어놓고 뜨거운 찜질은 고향집 숭늉 맛 같았으나 별무 차도가 없어

내 허리의 깊은 의중을 청진기와 엑스레이로도 끝내 풀지 못한 의사는 술 마시지 말라는 하얀 숙제만 날마다 내줬다.

마음 내려놓고 떠나갈 때는

꽃 이름을 부르며 가자

나물 이름도 부르며 가고
쑥갓 오이 호박잎
그 이름도 부르며 가자

장마 들어 강물 넘치면
애초에 거기 사는
물고기 이름도 부르며 가자

하늘에 사는
새여

훨훨 구천까지 동행할 새여
너희들 이름도
모두모두 부르며 가자

산에 들에 집에 살아
신들려 경지에 이른 나무들하며

초롱초롱한
해맑은 눈망울들
네 이름도
촘촘히 부르며 가자

노래하고 숨 이름 말고는
모두 모두 거두어 가자

작품 해설

聖俗의 自由往來와 귀여운 욕설

(시인 · 선문대 명예교수)

영국의 시인 오스카 와일드는 말하기를 "관능은 영혼을 치유하고 영혼은 관능을 치유할 수 있다."고 했다. '예술을 위한 예술'을 기조로 한 탐미주의를 주창한 세기말 문학의 대표자다운 말이다.

조기호 시인의 과잉된 의식은 와일드가 주창한 예술지상주의 쪽 관능미에 경도되어 있다고 보인다. 그의 에로티시즘은 대체로 두 갈래로 표현된다. '다소곳이'와 '의기양양'이 그것이다. 가령 '다소곳이'는 그의 시작품 「여인」과 「오월장미」로 나타난다면, '의기양양'은 「풋마늘」과 「조껍데기 술집」으로 나타난다. 그리고 「신화」와 「빨갱이꽃」은 다른 차원에서의 성격을 띠고 있다.

여인 하나 갖고 싶다

서양 동냥아치 같은 겉멋에
이발난초로 홀랑 까진 여자 아니고

온 마을
봄 익을 때

놋요강에도 소리 없이
소피볼 줄 아는 여인

청치마 단속곳마냥
이파리 깊은 곳에

다소곳이 숨어 피는
감꽃 같은 사람

그런 꽃 하나 깨물어보고 싶다

　　　　　　　　　　　－「여인」전문

　조기호 시인은 이 시에서 창조적 상상으로서의 단술을 즐기고
있다. 에둘러 표현하기보다는 직설적이고 관능적인 감각을 살려
내고 있다. 그러면서도 다소곳한 여인을 유추하고 있다. 그가 그
리는 여인은 "놋요강에 소리 없이 소피보는 여자"다.

　인간은 물론 생리적인 면을 떠나서 살 수 없거니와 인격적인 면
을 떠나서도 살 수 없게 되어 있다. 여인이 놋요강에 소피를 보면
소리가 나게 마련이다. 그러나 이 시인은 여인이 오줌을 눈다 할
지라도 소리가 나지 않을 정도로 '다소곳한' 여인을 희구하고 있
다. 이것은 현실적인 시정이 아니라 어디까지나 상상의 세계에 있
어서의 감주다. 이 시인은 시어로서의 단술을 즐긴다.

쇠죽솥에 불 땐 얼굴
향기가 달다.

오월에 피는 보리알 서리 판에
지금쯤 고향집 샛별 하나
초경 익겠다.

까치알 구워 먹다
밑 터진 무명 속곳 번져 오른 도화지

싸락눈 따 먹은 홍시 입술로
초여름 립스틱을
꾹꾹 눌러 찍었다.

                                    -「오월장미」 전문

 이 시는 관능이 넘친다. 에로티시즘의 극치를 보여주고 있다.
선정적이고 색정적인 장면을 마음껏 펼쳐 보이고 있다. 향토정서
와 문명적 요소가 혼용되어서 미묘한 느낌을 자아내게 한다. 향토
정서에 문명적 요소를 단적으로 드러내면서 대비시키는 사물은
'홍시'와 '립스틱'이다. 시골 처녀와 도시의 문명적 요소로 전이되
는 형상이 축약되어 있다. 관능적 애욕이 넘쳐나고 있다.

        겨우 아지랑이 배냇눈 뜬 이른 봄날
        외상값 많이 달린 술청에 앉아
        손님상에 내보낼 풋마늘을

우리 텃밭에서 한 소쿠리 뽑아다 주겠다며
술집 아가씨를 얼러서
몽땅 훔쳐다 놓고
여릿여릿 톡 쏘는 풋마늘 대궁을
찹쌀고추장에 쿡 찍어
술 한 잔 맛나게 깨무는 판에
수금 나갔다 돌아온 주인 여자
야! 이 썩을 년아
그 화상 낯바닥을 좀 봐라
저 웬수가 텃밭에 마늘 농사 지어먹고 살
위인 짝으로 보이냐?
에라이 오사 서 빼 죽일녀러 가시내야, 쯧쯧쯧
악담을 퍼붓더니만
술상 모서리에 털푸덕 주저앉으며
아, 목말라, 어여 술 따라 이 도둑놈의 화상아
빈 술잔을 불쑥 내미는
저 웃음 베어 문 낯꽃이라니

－「풋마늘」전문

여기에서는 욕설을 육두문자肉頭文字로 퍼붓고 있다. 이제부터
의 문세文勢는 의기양양하다. 주모의 발성과 속내가 다르게 표로
되어 있다. 그의 속내는 마치 지하수처럼 따뜻한 인정이 흐르지만
발성은 걸걸한 욕설로 이루어져있다. 악담도 보통 악담이 아니다.
그러면서도 그 내면에는 다정다감한 인정미학이 흐르고 있다. 호
병탁 교수는 그의 평론「깊은 사유 끝에 붙잡은 깨달음」(헛소리)
에서 다음과 같이 피력하고 있다.

…입은 거칠게 욕을 하고 있지만 주모의 행동은 딴판이다. 술상 모서리에 주저앉아 빈 잔을 내밀며 목마르니 어서 술이나 따르라고 한다. 그것도 입가에 웃음을 베어 물며. 세상에, 이처럼 가슴이 메어지게 아름다운 얼굴이 또 있으랴. 주모가 베 물은 웃음은 술꾼이 아니더라도 누구에게든지 곱기만 한 '낯꽃'으로 보일 것이다.

염치 좋은 손님도, 욕하는 주모도, 욕먹는 아가씨도 다 신산한 삶에 부대끼는 사람들이다. 그러나 그들은 어떤 권세가나 부자보다도 여유와 웃음이 있다. 순박하고 인정많은 착한 민초들이다. 특히 마늘을 도둑맞고도 웃으며 술 한 잔 따르라고 하는 주모의 모습이 여간내기가 아니다. 귀한 꽃이다. 그리운 꽃이다.

이 「풋마늘」이라는 시는 실로 귀여운 욕설이라 하지 않을 수 없다. 마음과 언행이 따로따로 노는 듯 하면서도 그 익살이 미묘한 재미(쾌감)를 돋운다.

시장 통 조껍데기 술집에 앉으면
여기도 씨벌
저기서도 씨벌
씨벌이 살아서 펄펄 날아다니는데
처음엔 귀를 어떻게 간수해야 할 것인지
차마 난감하더니
나도 몇 잔 탁배기에 담궈보니
씨벌 참 좋다
안주는 홍합 말린 구멍에다
잣씨를 까서 박아 넣어서 고소하고

역시 씨벌은 씨벌이 알아듣는다.
골코롬한 새우젓 같은
주모 년 치맛자락에 펄렁펄렁 묻어 새는데
파리 한 마리 씨벌에 채여서
술잔 속으로 곤두박이친다

　　　　　　　　　　　－「조껍데기 술집」 전문

　그의 '의기양양'은 「조껍데기 술집」에서 절정을 이룬다. 이는
능숙한 해학諧謔과 귀여운 욕설에서 오는 통쾌한 쾌감이다. 이 시
는 에로티시즘의 극치를 보이고 있다. 욕설도 보통 욕설이 아니
다. 그의 불만은 흔적도 없다. 뜬금없는 욕설로 시를 장식한다. 욕
설은 욕설인데 귀여운 욕설이요 싫지 않은 욕설이다. 누군가를 증
오하는 악감에서 나온 욕설로 보이지 않기 때문이다. 그래서 귀여
운 욕설이 된다.
　내면에 슬픔을 감춘 채 웃는 얼굴을 보여주는 탈춤처럼 그의 욕
설에는 슬픔이 녹아있다. 이 시에서 그는 갈등의 원인을 밝히지
않고 있다. 비속어를 지나치게 난무하지만 독자에게는 쾌감과 즐
거움을 준다. 그의 욕설은 경쾌하고 상처를 주는 가시가 없기 때
문이다.

안주는 홍합 말린 구멍에다
잣씨를 까서 박아 넣어 고소하고
역시 씨벌은 씨벌이 알아듣는다.

　이 시는 제목부터 내용에 이르기까지 에로틱한 욕설로 채워져

있다. 눈치 빠른 독자는 선정적이고 색정적인 이 욕설의 진의를 눈치채게 될 것이다. 그는 과잉된 의식을 통쾌한 욕설에서 유로시키는 것 같다. 그는 시를 다소곳이 쓰고자하지만 결과는 의기양양으로 나타나는 경우가 많은 것으로 보인다.

붓다는 보리수나무 아래서
득도를 하였고

나는
미치고 환장하게 화사한
안심사 홍매실나무 꽃 아래서
이 봄을 모두 깨달았네

임 가듯
그리움 밀려오고

시디신 봄날을
한나절 앉아 눈 감으면

인생은 앞으로 남고
뒤로도 남는 것
황진이 버선코만큼 남는 것을
— 「신화」 전문

여기에서는 보리수나무 아래에서 득도한 성인과 홍매실나무 꽃 아래에서 봄을 깨달은 시인 자신을 동격에 두고 있다. 과거의 성인과 세속의 속중을 동일시하고 있는 것이다. 2연에서의 "환장하게 화사한"이라는 수식어는 결말에서 "황진이의 버선코만큼 남는 것"으로 유추하고 전이된다. 시(예술)의 기준을 성인의 경지에 두면서도 에로틱한 관능미는 '환장하게'와 '황진이'로 연결되면서 쏠쏠한 재미를 살려내고 있다. 이 시가 '다소곳'하기를 바라는 조기호 시인의 억제호르몬이라면 「빨갱이꽃」은 팽창호르몬의 확대재생산이라고 할 수 있다. 이 시에서 비로소 이 시인의 리비도의 근원을 볼 수 있게 된다.

> 성모님 이름 마리아는
> 히브리어로 '슬픔' <비애>의 뜻이라는데
>
> 우리 어머님 이름은
> <빨갱이 예편네>로 청춘을 죽어 살아
> 마리아만큼 기구하게 산 세월로
>
> 산골짜기 가시덤불 속
> 서럽게 핀 하얀 들꽃으로 사셨습니다
>
> 어머니는 아리고 아릿해서
> 안고 싶은 여인보담
> 안기고 싶은 여인이여
>
> 천년을 가도
> 우는 빨갱이 꽃입니다
>
> ―「빨갱이꽃」 전문

증오를 숨기고 그 반대의식을 슬픔으로 여과하고자하는 아픔의 미학이다. 청순가련형의 어머니와 성스러운 마리아의 상사성相似性을 타고 아름다움을 원망願望하기도 한다. 역사적 사회적 피침성被侵性에서 오는 슬픔을 증오나 원망보다는 아픔의 승화를 보여주고 있다. 그것은 슬픔과 아픔을 통한 아름다움이라는 시(예술)의 본질적 접근이다.

이 외에도 코믹한 재미를 주는 시 「처방약」이라든지, 「가난 이삭줍기」가 관심을 끌었다.

어제는 초등학교 옆 <또와요>술집 여자가 홀애비로 살다가 손에 주부습진이 걸린 병따개시인에게 용천뱅이병에 바르는 약이 직방이라고 처방을 하여주었는데.

자리를 옮긴 선술집 <영산포> 술청에선 개숫물 통에다 노상 손을 담그고 사는 욕쟁이할망구가 손에 무좀인지 습진이 걸렸다고 징징대기에 무좀약을 일러주며 적어, 적으라고, 늙은 할망태기 기억력으로는 금방 잊어먹을 테니까 적으라고 했더니만

"씨벌놈 지가 좀 약국에 가서 사다 주면 어디 불알이 떨어진다냐?" 쏘락빼기를 꽥 내지르더니 내 곁에 슬그머니 다가와 귀에다 대고 "내가 글을 모르잖혀" 가만히 속삭인다.

아, ─ 이토록 무참하게 미안하고 무안할 수가.
─「처방약」 전문

지지리도 가난한 詩人 朴鳳宇
부인 상중 토방에
안방 시계는 넉 점을 울리고
한 겨울 쓰라리게 매운 눈발이
사위는 연탄불에 희끗 희끗 내린다.
……중략……
월세 십 만원 단칸방에
고요만 절간마냥 떠 내려와
앙상한 내 가슴에 겨울 안개로 번지고
눈치없는 거지 하나
대문에 매달려서
그나마 쓰다 버린 가난 한 개비 줍고 간다.

-「가난 이삭줍기」중 일부

앞의 시「처방약」이나 뒤의 시「가난 이삭줍기」는 모두 이야기
가 있는 시작품들이다. 서정시(자유시)는 원래 스냅사진처럼 집약
적으로 응축된다. 소설이나 서사시가 무비카메라로 촬영한 형태
라면 서정시는 한 컷으로 응축의 묘미를 살려낸다.

서정시에서 이야기를 전개하는 경우에는 자칫 서사적 서술(설
명)이 자연발생적으로 펼쳐지기 쉬우므로 시의 본질적 요소인 응
축의 묘미를 살려내기 어렵게 된다. 그래서 시인들은 센티멘털에
흐르는 위험성을 경계한다.

그런데 이러한 기우가 조기호 시인에게는 먹히지 않는다. 왜냐
하면 이야기가 있는 시라 할지라도 조기호 시인의 손을 거치게 되
면 이러한 기우는 하지 않아도 되기 때문이다. 그가 지닌 바의 독특
한 개성에서 이야기의 발성은 독특한 토속어로 표현되기 때문이다.

하찮은 죽피竹皮가 신경안정제가 되어 지랄병을 때려잡듯이, 평이하게 보이는 토속적 비속어가 '설명'을 '표현'으로 둔갑시키는 요술을 부린다.

가령 「처방약」의 경우, "또와요 술집" "병따개시인" "용천뱅이 병에 바르는 약이 직방" "선술집 영산포 술청" "개숫물 통" "욕쟁이 할망구" "할망태기" "쏘락빼기" 등이 그것이다.

고로쇠 물은 제작과정을 거치지 않아도 유익한 음료수로 환영을 받는 것처럼 조기호 시인의 걸쩍한 욕설이 귀여운 시어가 되어 종횡무진으로 시의 세계를 누빈다. 그의 토속적 비속어로서의 향토정서는 잠자던 우리 시어의 입맛을 돋운다.

특히 「빨갱이꽃」으로 대표되는 그의 리비도는 10분의 1만 보여주는 빙산처럼, 체념 뒤의 달관을 넌지시 내비치고 있다. 관능은 영혼을 치유하고 영혼은 관능을 치유할 수 있다고…….

∴ 조기호 趙紀浩

전북 전주 출생, 문예가족, 표현. 전주풍물시동인
전주문인협회 3, 4대 회장 역임.

시집 :

『저 꽃잎에 부는 바람아』,『바람 가슴에 핀 노래』,『산에서는 산이 자라나고』,『가을 중모리』,『새야 새야 개땅새야』,『노을꽃보다 더 고운 당신』,『별 하나 떨어져 새가 되고』,『하현달 지듯 살며시 간 사람』,『묵화 치는 새』,『겨울 수심가』,『백제의 미소』,『건지산네 유월』,『사람을 만나서 사랑을 꿈꾸었네』,『아리운 이야기』,『신화』,『헛소리』,『그 긴 여름의 이명과 귀머거리』,『민들레 가시내야』 등 19권.

수상 :

목정문화상, 후광문학상, 전북예술상, 시인정신상, 표현문학상, 전북문학상 등 수상.

561−783 전북 전주시 덕진구 태진로 101 진북 우성아파트 112동 1902호
Tel : 063) 252−2356 / Mobile : 010−3682−2266
jkh23567@hanmail.net

민들레 가시내야

초판 1쇄 인쇄일 　|　2015년 8월 15일
초판 1쇄 발행일 　|　2015년 8월 21일

지은이 　　|　조기호
펴낸이 　　|　황송문
편집장 　　|　김효은
편집 · 디자인 　|　김진솔 우정민 박재원
마케팅 　　|　정찬용 정구형
영업관리 　|　한선희 이선건 최재영
책임편집 　|　우정민
인쇄처 　　|　월드문화사
펴낸곳 　　|　문학사계
배포처 　　|　국학자료원 새미(주)
　　　　　　등록일 2005 03 15 제25100－2005－000008호
　　　　　　서울특별시 강동구 성안로 13 (성내동, 현영빌딩 2층)
　　　　　　Tel 442－4623 Fax 6499－3082
　　　　　　www.kookhak.co.kr
　　　　　　kookhak2001@hanmail.net

ISBN 　　|　978－89－93768－36－7 *03810
가격 　　|　10,000원